手《て》癖《くせ》で愛すなよ

犬飼愛生

もくじ

手癖で愛すなよ

Gift for you

ギフトは最大の脅迫
お世話になったあの人に
笑顔で脅迫を差し上げて
悪気なんてなかったんです

「生きているといろんなことがありますわなあ」
そう
だから私たちはギフトをあげて
ギフトをもらう
君の好きなものを想像しながら選ぶ
今日の悪意のない脅迫のために

神様からの贈り物でさえ
いつか怖くなるけれど
その贈り物に名前というギフトを渡す
（あなたはあなたの名前が好きですか）

もう会えなくなった人が残していった
ギフトも
捨ててもいいのに、捨てないんだよ
誰もかれも
手の中の深いところで握って

言葉もギフトだよ
忘れられないよって、宝石みたいな黒い絵の具か
Gift for you
ほら、胸に広がってあなたにも私にも絵を描かせる

B面

春が始まった

いつまでも終わらない夢みたいに
町のなかを小さく歩いて食糧を買った
遠くのビルからは拍手
東京は青くライトアップ
あの人のマスクは小さすぎて
あの人のマスクは大きすぎて
私たちは棒グラフになって
週末には画面の中で乾杯をする

子どもたちは日付を忘れて

暑い日にはTシャツを着て
どうぶつのいる森へ入って行った
大人はときどきニュースを見る事をやめた
足元に貼られた足型にぴたりとつま先をそろえて待った
二月の終わりを生きながら

聴いたことのない音楽の流れる春だった
まだこの世にないメロディー
どこから流れてくるのかわからなかったし
怖くて　家の中にとどまった
それで私たち、また画面の前で落ち合ったりした

さくらは可憐に咲いて知らぬ間に散ってしまったけれど
私たちは
B面のような世界を生きて
閉じていたとびらを開け放って

呼吸している

手と目

マスクが消え　消毒液が消え
家に閉じこもった人々は
聞きなれない言葉を次々と覚え
やがて棒グラフになった
「密」という新しい概念は
呪文のように私たちを散らす

防護服が手に入らないので
レインコートと
クリアファイルで作ったフェイスシールドで
患者を看たとき

竹槍で戦争をしたという時代を思った

見えないけれど　そこにいるものから
いのちを守るため　あなたを守るため
守る側の
いのちの重さは　わからない
欲しがりません　勝つまでは
それでいて
小さな町の看護師である私が
あなたにできることはわずか

専用の病床が大急ぎで作られて
そこに派遣される医師たちは
自分たちに赤紙がきたと言った
空からは十万円がばら撒かれたが
それは安全な場所にいる人たちが考えたことだ

私は死にゆく人をタブレットで映し
家族は画面越しに最後の面会をする
死の門番として
私が電源を切るとき
その人がもう一度死ぬ

強い強い
どっちが強い
人類は、いつも勝ってきたが

なにもかも、めちゃくちゃだったと
戦争の話をするように
早く　幼子たちに語りたい

もう誰も死なないで

私が手と目で看て
あなたに触れるとき
ようやくこの詩が古くなる

あいまい

晴れのち雨がふいうちでやってくる
朝は晴れていたけれど
天気予報はずいぶんと　ハズレ
テレビの気象予報士の顔を思い出す
誰が悪いわけでもないけれど

保留になった約束と
反故になった約束を思う
または　約束にすらならない
あいまいな話をしたことを

雨が降ってきた

ビニール傘を渡したこともあった
「今度返します」
いいえ、どちらでも
ビニール傘なら返しても
返さなくても
あいまいな表情で、ちょっと　笑った
正解はあるようで　ない

緊急事態宣言は解除されるのだろうか
二度目の
緊急事態宣言
あのお店に行きたいと話したこと
覚えているだろうか

「状況によっては、解除の前倒しを検討します」

いつ解除されるかまだわからない
二月末、私はどこにいるの
ぜんぶあいまいで
止みそうで止まない雨

（あなたって　まだ）
あのお店ってまだあるの
知りたいような　知りたくないような
二月の行方を

（注）二〇二一年一月、新型コロナウィルス感染症防止のため都市部を中心に二度目の緊急事態宣言が一カ月間の予定で発令されたものの、二月に入り、さらに一カ月延長された。

Happy Bag

頑丈なこの家も少しの風でおおげさに軋む
秋も冬も
明るく、だますように夏は去ったらしい
ついさっきまでそこにいたのにね、と思いながら
扇風機をしぶしぶ仕舞った
毎年こうなのだけど
秋は秋でお楽しみがある
季節のお菓子など
キンモクセイや美しい紅葉のことなど
（私、これ嫌いなのよね）
（誰にも言えない甘い記憶を一瞬ねぶる）

季節はだんだん前倒しで
私たちの足元はいつも気ぜわしい
文化と文化のミックスも
資本主義が上手に丸め込んでくれる
ジャパニズムの懐の深さにキスを
ただただ祭りというものが好きな民族性なのだろう
ハロウィン三色団子って文化の大渋滞に西洋の魔女らもズッコケる

街に出れば魔女はもう去って
十一月のデパート
福袋も予約制というのが、堅実に「らしい」から
少し安心してしまう
(数に限りがございます。詳しくはスタッフまでお問い合わせください)

君に
来年の話などしても良いのだろうか

そう思ったけれど
物語は永遠に続くと信じているふりをするのが
ここでの我々のルールなのだろう
ストックのない人生だから
堅実にはありたいけれど
人より良いものが入っていれば
それはそれで
ラッキーな人生だと思えるんじゃない？

早々に Happy Bag
定義も根拠もないけれど
ノーフューチャーな私たちに
ハッタリ込みで来年の福をちらつかせる

RPG

あのこも
あのこも
あのこも
君の中のあのこのこと

なんか大事なこと言ってそうで
ほんとうは
なにも言っていない人っているよね
あなたの目でみてね
どう?
そんなに自分のこと信じられない?

―わたしはただそこにいるだけだから―

一度、思い知ればいいんだよ
冷たい気持ちを懐にいれながら
撃ち合って
ダダダッ
ダダダッ
ダダダッ
困難な時代だよなあ
瞬時につながって
沈黙さえも意思表示みたいで
苦しいな
苦しいな…
（スワイプ、指一本でね）

でもほとぼりが冷めたら何度でも復活して
ああ　私たち
昭和の時代からファミコンやってるもんね
本当に死んだりしないし
本当に傷ついたりしない
もう
感傷的になることが好きなだけで
次の瞬間にはまたまっすぐ歩いていける

懲りない人ね
惰性でやるＲＰＧみたいに
時には町の人として話すこともあるけれど
ライフハックの知恵を教えてくれるだけで
君も私も
どこも見てはいないんだよ

美しいフォーク

茹で上がった例のマ・マーが登場
今は幸い機嫌が良い
私はずっと理想のフォークを探しているが
たいていしっくりせず困惑すること幾千回
やっぱなんか違うなあ、違うねんなあ
みんなフォークのことなんて
気にしたことなんてないって顔をしている
なんで私は持っていないのか　絶対的信頼と愛のフォークを
悩み続けて麺が伸びる

手づかみ食べが許される赤ちゃんなら
ああ上手に食べたねえ、いっぱい食べたねえって

褒められる
生きているだけで褒められるそんな瞬間もあったはずだが
残念ながらというべきか生きて伸びて成長するから
フォークで刺し違えることもあるにはある
甘いケーキだけ刺してりゃ良い人生ならば詩人にはなっていない

マ・マーは素知らぬ顔をしている
まあもうそんな昔のことは忘れたわと

水を含んでツヤツヤで膨らむマ・マー
輪郭がだんだんわからなくなる
ほんとうはどんな人だったんだろう
ありきたりではない　ちょっと変わった味の
華やかなところが目をひく
匂いにつられて人が集まってくる
一見、おいしいボロネーゼに見えるらしいが

内実、どうだか
いろんなものを煮込んでできたボロネーゼ
混沌です

七十数年生きて、余計複雑な味になってきた
家族が煮こぼれないように注意してきたのは
むしろ私なんでは
美しいフォークで食べてみたかった
なんの心配もなく疑いもなく

いつどこで買ったのかもらったのかわからない
引き出しの中は不揃いなものばかり
この家はいつも何かがそろわない
私がつい言ってしまうと
私は気にならへんけどな　そう言って
母は箸でスパゲティを食べだした

いいねいいね

いいねいいね、いいねが欲しいの
歌うような画面にいいね
日常も、ニュースも、ご報告も
得意のにおわせもそこにあって
いいね
大量発生するＳＮＳおじさん
あなたのことよ？
共感の取り扱いを見誤って
ときおり自爆している
その風景もまたいいね
悪意と善意が大好きな民たち
私たちはリツイートで「感動する話」を食い散らかす

「タピる」が流行語大賞になるかもと言っているあいだに
行列はすでに途絶えていた
活躍したプラスチックは悪とされて
写真を撮る女の子たちはもういない
わたしは良いホテルのラウンジで
紙ストローに
あなたのアイスコーヒーが少しずつ染みこむさまを
じっとみていた
私たちは熱しやすく冷めやすい

情報が多すぎてあなたのいいねが伝染する
実はミュートしてるあの子の投稿もまたいいね
あいまいな関係性のままつながりは続く
切れたはずの縁も偶然を装って
復活する

（君ってたしか僕のこと、好きだったよね？）
今日はこんなものを食べました
今日はこんなところに行きました
今日はこんなことがありました
いいねいいね
充実していて超いいね！

君の瞳のなかに映った風景で
君の毎日を想像する
君のことを想像する
君のことがもっと知りたいの
君と僕の毎日が混ざり合って
いいねいいね、そんな毎日
超いいね！

私たちはもう
瞬時につながれるから
たまに心を殺す
横たわった心の背中を撫でながら
まだ大丈夫って
また別の甘味を探してくるんだ

距離

飛沫がいけないと教えられて
私たちは口を塞ぐ
真面目に口を塞ぎ続けている
密、の場面を見張りあいながら

洗い続けて水に溶ける手
あなたと私の間をビニールシートで隔てて
耳が少し遠くなる

子どもたちは
晴れた日に雨傘をさして
列になって歩く

アリのように　もくもくと　一定の間隔で

春が去って
夏が去って
顔に透明の壁をつけることに慣れて
私たちは
息苦しいまま　季節を行く

夕暮れがさみしいと泣いた君を
ゼロになる距離の愛で
抱きしめてもよいのだろうか、と
躊躇した
秋のはじまり

ねこね

ねこねこね　こねこ　かわいいな　ねこ欲しい

毎日猫の話題と動画をループ
私と息子の攻防戦
三十年前、母が私とそうしたように

ねこ飼いたい子　ねーねーね　おかーさん　ねこ
ねこ飼わないよ　ダメだって
ねーねこ飼いたい　ねーねーねー　ねこ

少しまえに
みゃあみゃあと泣いていたおまえは

ただのまぶしい生命力のかたまりで
次第に
立ち上がり
歩き
今は
上靴のサイズを次々と変え
猫のように　大きく伸びをする

もふもふのねこ
を育てる
おまえを見てみたい気もする
まだこねこのおまえを

ねこねえ
ねーねーねーこ　子
ねこねこね　こねこ　飼おうかな　ねこねこねえ

ストロー

冷たい飲み物の中の氷をストローで
かき混ぜるみたいに
くるくる回る君を
画面のこちら側から見ていた

今日はきれいな髪
今日はきれいな君
何か捨てて、また手に入れてきたのかな
再生できる
折って、捨てよう
加速する、君の回るスピード
考えることをやめたみたいに

やめないの？
こんな話は嫌い？
私はちゃんと傷つきたい
私はちゃんと傷つきたい

あえて胸に傷がついている
君のその胸にはなんて書いてある

氷が溶けたらまた少し水が飲める
底に溜まった水をストローで吸って
名残惜しく水を飲もうよ

君はポップスター
手を鳴らし
声を伸ばす

「孤独」を想像するのは勝手な願いにも似て
案外、ね

今日はきれいな顔
明日は知らない顔
本当の君は？
ストローで私を持て余していて

氷をつついて
透明と不透明の間をよく見つめていて

でも
わかったようなこと
言わないでね

危うい御殿

秋の日、突如として現代に現れる大正ロマン
二葉館にて
二人が暮らした御殿に靴を脱いで上がる

私とあなたは違うのよ
笑わない写真の中で
御殿の姫は
そんな顔をしたけれど
桃ちゃんが大好きよって
かわいいところもあったみたい
待ってもこない薄情な人を待ってみたり
いや、薄情なのは彼女のほうだった？

つい下世話な話に終着させたいけど
世の中は「感動する話」が好物だから
これは美しい物語
正妻の気持ちはなかったことで
私たちは最高のパートナーよ
ね？

ノスタルジックなステンドグラスが優しくて
その中に愛を見てしまうけど
本当のところはわからない
記念日には美しいリボンのかかった箱を
テーブルに置いておいてね

強く、聡明で、麗しい彼女の世界の中で
白黒つけられない世界は何色であっただろうか
色のない写真から想像する

桃介に皿の一枚でも投げたことはなかったのだろうか

あなたのこと、わかりたいよ
毎夜繰り広げられる
華やかな宴の中で
どんな顔していたの

たまには泣いていてよ
彼のいない夜に
危うい御殿のお姫様
ひときわ輝く光を甘受して
美しい御殿に閉じ込められたような気になって

ときおり顔をだすいじわるな質問
(その話はやめよう)
都合がよい部分はいつもおいしいから

長持ちする

同志だとか
パートナーだとか
いろいろ言っていいよ
でも時々は
かわいいって言ってね

＊二葉館…日本の女優第一号として名をはせた川上貞奴と電力王と呼ばれた福沢桃介が暮らした大正時代に建てられた和洋折衷の建物。現在は国の登録文化財（一部）。名古屋市東区。

私は食いしん坊

食べ物がでてくる詩が多いですね、と言われた
ボロネーゼ
生姜の佃煮
ケーキ
寿司
ポテトサラダ
ゼリーポンチ
リンゴジャムパン…
もっとある
たしかに
食べ物の詩をたくさん書いてきた
食いしん坊の私には

作ることで閃いて
食べることで開けたいくつもの扉がある

キッチンに立って、わたしは料理を作る
思考は分裂しながら
フライパンの中で炒められる
しんなりして
無心で火が通って行く様子を眺めている
場面を刻んで塩で揉む
味付けは、いつも難しい

たまには
誰かが作った
おいしい料理を食べて扉を開く
あの時　一緒に食べたことを思い出す
善や悪や偽りや本心など

消費したんだよ
時間と感情もね

君の口からでた意外なことば
掬い取ってスプーンで自分の口に運ぶ
毒でもいいんだ
毒を喰って書けるなら本望だ

また一緒にごはんを食べましょうね

洗う

じゅうたんにこぼされた言葉が
じわじわと染みを作って行った

おいしい水のような
まずいコーヒーのような
舌がしびれる密造酒のような

こころとからだに
良いような
悪いような
罪深いよ　ねぇ
いずれにしても

私は嫌になって
今日は一日洗うことばかり
洗うことは　流すことだから
少しは気持ちに良いのだろうか
気持ちが良いのだろうか

靴を洗い
車を洗い
櫛を洗い
歯磨きのコップを洗い

外気温は十六度

冬と春のはざまで　洗う
体を洗っても

髪を洗っても
どこにあるの　あの言葉だけ洗えなくて

長い睫毛と千秋楽

どこまでが本物なのか
わからない微妙な濃さでふちどられた
その睫毛の一ミリにこだわって
私たちはわざと
押し黙る

最後の手拍子を派手に打って
舞った紙ふぶき
長い睫毛にひっかかる
指でつまんで、さようなら
舞台の照明が私たちを焼く

「むしろ、あなたのことを思ってしかなかったよ」

飲みかけのコーヒーもドブに流そう
そのあとから水を流せばいいんだよ
私たち大人だから
そんな展開も面白いんじゃない？
これは　私たちのストーリー

うつむいて、伏し目がちにして
睫毛の長い影を机に広げて
なにも話せなくなる私たち

本当のストーリーは後からやってくる

影だけが伸びていく
泣かないでね

黒い涙がこぼれるよ
無人の観客席から拍手が聞こえる
緞帳《どんちょう》が下りて
私たちはメイクを落とすために
別々の楽屋に戻っていく

今日の飴

「なにも手入れしていないのに、こんなに咲きました」

うすい桃色のその大輪は牡丹
この庭、不思議な庭で
建売住宅におまけのようについた
小さな庭のくせに
私が子供のころはマツの木が高く伸びていた
今は
椿、ツツジ、ミカン、梅、もみじ
その他、いろいろと咲く
咲かない年もある
「花や果実も咲くのにやっぱり体力使うんじゃない？」

遠くいまは帰れない故郷からそう返される
それは詩を書くことと少し似ている

「むかしに、幸せになったら書けなくなるって言っていたでしょう？
いまもそう思っている？」

海を渡って帰ってきた友人が
ふいにそんな連絡をくれる

運だめしのように
飴の袋に手を突っ込んでひとつ取る

ラッキーと幸せは似ているようで違うから
やっぱり私は私のままで
まだ詩を書いていることを当たりまえに
二十年前の私も知っている

幸せが何色かというと
たぶん庭の牡丹みたいなうすい桃色なんだろう
今日の飴は一番好きなピーチ&マンゴーでした

傘、四本分の彼のこと

七月　夏になりました
夕立がやってきた日
傘を持って行かなかった中《ちゅう》くらいの人
お母さん歴十二年の私は
しばらく逡巡したあと
そこの信号まで　と決めて傘を持って迎えにいく

中くらいのひとは　なんでもない顔をして
頭にタオルをかけて帰ってきた
傘を差しだした私に
「その傘、実は小さいんだ」という
知らなかった

風が胸を抜ける
梅雨明けの草木のように　伸びていく背

こんなのどうかな、と聞いてから
インターネットで注文を終える
予定表の中はお互いにいっぱいで
一緒に買いに行く時間がもう見当たらない

すぐに届いた新しい傘は
大人用のシンプルな黒
小さくなった傘は　青と緑のラインが入った高学年用
その前の傘は　黄色で目立つ低学年用
その前は　かわいい星柄の幼児用

四本並べて

床に置いてみる
背の順に並んだそれは
四本分の彼で
大きくなったね
ちょっとせつなくて
でも私は　とてもうれしい

手癖で愛すなよ

私たちは　なににも勝てないままで
政治に悪態をつく
そのわりには我慢強くて
今日も粛々と手指を消毒している

はじまりも
終わりもないような
あいまいさで怖がりながら
今日の装いに合わせマスクを選ぶ
(白か黒、または違う色で)
あなたか私かわからない顔で
聞こえない声を

聞こうとして
愛がちょっと、困難だ

息苦しいから
新しい空気が欲しい
ひとりになれば、マスクを外して
大きく　息を吸う
正しい顔で

手癖で愛すなよ

新鮮な空気をこねて伸ばして壁に投げつける２０２Ｘ年
私はグレーのマスクを外して息をする
ウイルスみたいなきらきらを吸っては吐いて

テレビではしきりに

換気が必要です、と
その時だけマスクをしていない人たちが話している

寿司喰う牛、ハイに煙、あの bar の窓から四句《よく》

私は何十年と寿司を喰ってきたが、いまだわからないことがある
なんでこんなに好きなのかを
私が嫌いな煙のことを心底好きな人もいるしとろけるような顔で好きだ好きだ
なんならお前よりも好きと言われた気もするいやお前なんて呼ばれたことなかったわ
私は絶対とか一生とかずっととか信じないから結婚式もこそばゆい
ドラマチックな演出はいやあすごいなと思うだけで風船なんて飛ばしなさんな
ほんとうのドラマは小さな部屋で起こることだし誰にも知られないことよ

bar のマスターはいいよな
いろんな秘密を知っていて言わないしそれは高級バターみたいな味がするんだろう
俺だけがつける帳面は美しいと夜な夜な書いているかもね

今日もインターホン鳴らしてください　お待ちしております
私は毎回バターを溶かしちゃうお寿司もおいしかった　一緒に食べる相手によるけどね
寿司が嫌いな人もいていいのよ牛喰ってもいいのよ
あなたはあなたの好きなものを食べればいいだけで
嫉妬や妬みが一番メシをまずくする　ああメシって言ったら駄目なんだったっけ
まあ詩の中だからいいか　私のこと、美人って思ってないんですか?ってすごい暴力よ
いやあ美人ですね美人は職業じゃないですから定義がないですからご自身が思えば、ね
定義の話をしたら炎上しますよーやーほんとだ、いや熱ッ!

ごちゃごちゃ言ってないで覚悟をキメれば気持ちいいんじゃない?
たまには別のものを飲んでみようかマスター

●公園のイチョウ並木を見下ろして名も知らず飲む白のカクテル

●真夜中に散歩している犬がいる僕が見てるから寂しくないよ
●僕たちの分かり合えない欲望は君が食べる白子に溶ける
●職業はbarのマスターこの店で毎夜秘密を炙って食べる

すべての事象を血として肉として書きますそれこそ牛みたいに喰われたい
最終的にはテーブルに美しく並べて
お互いおいしく食べあいましょう

顔

「自画像の宿題なんだ」
スケッチブックの中に
マスク姿のままの子がいて
子どもたちの三年目の夏休み

私も防護服を着て三年目になるが
急ごしらえのプレハブ診察室も
すっかりそこになじんで建っている
大波が来てさらわれていく人たちに
「陽性です」と告げるとき
今度は何が不足するのだろうと思う

暗い海だよ
船がある
大きな船だな
右へ左へ揺れて　波がくる
船長の顔は見えない
違う船からは陽気な歌が聞こえる

防護服を脱いで
頑丈なマスクを外して
鏡を見てみる
うっすらとマスクの跡がついている顔に
お疲れさま　と声をかけてやる

凪であれ
穏やかな海であれ
たっぷりと呼吸をして

笑っている子どもたちが見たい
来年の夏休みは

帰宅すると
「やっぱり描き直した」と
マスクをとった息子の
自画像が描きあがっていた

もらった「　　　」《かっこ》を一灯にして

音も色も景色もない世界で
心を動かしたいと思ったんです
それってものすごくむつかしくて
叶えば贅沢なことで
願うことさえ傲慢なのかもしれないです

夜道を行きます
だいたい夜です
ひとりです
地図もない道を
星方位の歌が導いてくれたらよいけれど

あかりはあります
それはたいてい誰かが放った何気ない言葉
矢となって「　」《かっこ》で私に残る
私はもらった「　」《かっこ》を火種にしてランプをつくる
その一灯をもって道を進む
小さなあかりですが
消えないようにそろそろと進みながら

そうすると岬のほうで
キャンプファイヤーをする声が聞こえ
営火長である詩の神様に
時々　会えることがあります

あとがき

五年ぶりの詩集となった。その間に精選詩集とエッセイ集を刊行した。もう少し早く新しい詩集を出すつもりだったが、仕事柄、どっぷりとコロナ禍につかり遅くなった。コロナ禍における医療現場での日々は、正直もうあまり思い出したくないが、二〇二三年六月現在、世の中は一応平穏に戻りつつある。

　世の中のおかしみや怒りや愛というものを詩にしたい。黙ってなかったことにしたくない。長く、詩を書いてきたがまだ飽きもせずそんなふうに思う。詩というジャンルのともしびは、いま優しくも少しはかなく揺れている。この炎をもう少し太くしっかりとした灯りにしたい。私を飽きさせない詩の世界に恩返しできることはないだろうか。無名の詩人にできることは多くはないが、最近はそんなことをぼんやりと考える。

　詩集の顔である表紙については、とても大事に思っていて、絵と題字をイラストレーターの寺田マユミさんにお願いしました。本当に素敵な表紙に仕上げてくださって、感謝しています。出版元の七月堂の知念明子さんにもお世話になりました。ありがとうございました。

犬飼愛生

手《て》癖《くせ》で愛すなよ

発　行　二〇二三年八月二十五日

著　者　犬飼　愛生

発行者　後藤　聖子

発行所　七　月　堂

東京都世田谷区豪徳寺一―二―七

電　話〇三（六八〇四）四七八八

ＦＡＸ〇三（六八〇四）四七八七

印刷　タイヨー美術印刷

製本　あいずみ製本所

ISBN 978-4-87944-539-1 C0092

落丁・乱丁本はお取り替えいたします。